GUÍA DE LECTURA

Escrita por Gaëlle Cogan
Traducida por Marta Sánchez Hidalgo

El tiempo recobrado

de Marcel Proust

Entiende fácilmente la literatura con

ResumenExpress.com

www.resumenexpress.com

MARCEL PROUST

ESCRITOR FRANCÉS

- **Nacido en 1871 en París (Francia)**
- **Fallecido el 1922 en la misma ciudad**
- **Algunas de sus obras:**
  - *Los placeres y los días* (1896), selección de novelas cortas
  - *En busca del tiempo perdido* (1913-1927), ciclo novelesco
  - *Contra Sainte-Beuve* (1954), selección de ensayos y de pasajes narrativos

Nacido en 1871, Marcel Proust es un importante escritor francés del siglo XX. Ganador del premio Goncourt en 1919, su gran obra *En busca del tiempo perdido* (1913-1927) marca la renovación de la novela. Esta obra es una crónica de una sociedad, la *Belle Époque*, una descripción de las intermitencias del corazón y una reflexión estética, filosófica y moral que sorprende a sus contemporáneos y sigue dando de qué hablar.

EL TIEMPO RECOBRADO

LA ÚLTIMA PARTE DE *EN BUSCA DEL TIEMPO PERDIDO*

- **Género:** novela
- **Edición de referencia:** Proust, Marcel. 2016. *El tiempo recobrado*. E-book en PDF
- **Primera edición:** 1927
- **Temáticas:** tiempo, amor, sociedad, literatura

El tiempo recobrado es el séptimo y último tomo de *En busca del tiempo perdido* y se publicó cinco años después de la muerte de Proust, en 1927. La novela tiene tres partes y cada una de ellas relata una época distinta. En la primera parte, el narrador está en Tansonville con los Saint-Loup, un poco antes de la Primera Guerra Mundial. La segunda parte se desarrolla durante la guerra, en París. Mucho tiempo después, el narrador vuelve a París y es invitado a casa de la princesa de Guermantes. El relato de esa mañana y de lo que se le revela al narrador constituye la tercera parte que da fin a *El tiempo recobrado* y así a todos los tomos de *En busca del tiempo perdido*.

RESUMEN

EN TANSONVILLE

De paseo con Gilberta

El narrador pasa una temporada en Tansonville en casa de los Saint-Loup. Las salidas con Gilberta le recuerdan a sus paseos de infancia. Gilberta le revela que Guermantes (el ansia de prestigio) y Swann (el deseo amoroso) no son irreconciliables. Según el narrador, solo tenemos «descuriosidad» por las mujeres a las que ya no queremos. Le oculta a Gilberta que una vez vendió un jarrón para comprarle flores.

Retrato de Robert de Saint-Loup

El narrador describe su cambio de aspecto, su amor hacia Morel, sus mentiras a Gilberta y la preponderancia del tipo Guermantes en él. Luego habla de Albertina con Gilberta.

Lectura del periódico inédito de los Goncourt

Estas páginas, en torno al salón Verdurin, hacen que el narrador reflexione sobre la literatura. Se da cuenta de que las personas y los lugares no le interesan a no ser que hayan aparecido antes en el arte, y lamenta no tener talento literario.

DURANTE LA GUERRA

Vuelta a París

En 1916, el narrador vuelve a París. Describe la nueva moda

femenina y los cambios que han ocurrido en la sociedad: la señora Verdurin, muy en boga, tiene nuevos seguidores y quiere reconciliarse con Odette.

En narrador se acuerda de su encuentro con Saint-Loup al principio de la guerra. Saint Loup, movido por un patriotismo sincero, hace cuanto puede para alistarse, y Bloch, patriota que se creía inútil, se convierte en antimilitarista cuando le declaran apto para el servicio. El narrador reflexiona sobre el ideal de virilidad y el papel que desempeña para los homosexuales.

Su fragilidad le obliga a llegar a un sanatorio. Gracias a una carta de Gilberta se entera de que los alemanes han tomado Tansonville.

El narrador vuelve a París y, emocionado, recibe una corta visita de Saint-Loup, que está de permiso. Su conversación versa sobre la belleza de las incursiones nocturnas y las estrategias de guerra. El narrador encuentra a Saint-Loup más inteligente que antes.

Encuentro con el señor de Charlus

Durante un paseo nocturno por París, el narrador conoce al señor de Charlus que, al envejecer, ha perdido su situación mundana: es abucheado en casa de la señora Verdurin y Morel, su antiguo protegido, le acusa en sus crónicas. El narrador recuerda el gran patriotismo de la señora Verdurin, las opiniones insustanciales de Odette y la germanofilia del señor de Charlus. El barón quiere reconciliarse con Morel, pero nos enteramos de que éste no quiere volver a ver a

Charlus porque tiene miedo, un miedo que resultará estar justificado.

En el hotel

Después de despedirse de Charlus, el narrador busca una taberna para calmar su sed. Encuentra uno del que cree ver salir a Saint-Loup. En el hotel, el narrador asiste a una conversación entre militares y obreros donde distingue frases sobre cadenas y un hombre atado. Sospecha que se trata de un crimen, pide una habitación y se queda pasmado al descubrir al señor de Charlus encadenado mientras le fustiga un militar que se parece a Morel. Entra en escena Jupien y el barón se queja porque cree que el militar es demasiado poco violento. El narrador, escondido, se entera entonces de que se han encontrado una cruz de guerra en el hotel antes de presenciar las coqueterías del barón rodeado de una corte de chicos. De pronto estalla un bombardeo que al narrador le recuerda a la catástrofe de Pompeya.

Muerte de Saint-Loup

El narrador vuelve a casa y se entera de que Saint-Loup ha perdido su cruz de guerra. Poco después de su vuelta al frente muere y provoca un dolor inesperado en la duquesa de Guermantes. Detienen a Morel por deserción y lo envían al frente, donde se comporta con valentía.

MAÑANA EN CASA DE LA PRINCESA DE GUERMANTES

Con el señor de Charlus

Después de una larga temporada en el sanatorio, el narrador vuelve a París y a la sociedad. En los Campos Elíseos se encuentra con un señor de Charlus envejecido y convaleciente en compañía de Jupien, que le informa de las diabluras del barón. Las palabras de Charlus son confusas, pero su memoria está intacta.

Una vocación revelada

Cuando el narrador llega al patio del hotel de los Guermantes, se tropieza con los adoquines mal colocados y experimenta una sensación de felicidad parecida a la que tuvo con el episodio de la magdalena (consultar *Por el camino de Swann*): los adoquines desiguales le recuerdan a Venecia. Poco después, en el salón-biblioteca de los Guermantes, el tintineo de una cuchara sobre un plato y el tacto almidonado de una servilleta le hacen reconocer que las sensaciones más sencillas están encerradas en una atmósfera singular del pasado que pueden invocar mejor que la inteligencia, y que su contemplación es el único placer «fecundo y verdadero» (Proust 2016, 114). Decide comenzar una obra que le dará acceso a la realidad que cada uno lleva en sí y a la que el disfrute directo no le conduce. Después de ver en la biblioteca el *François le Champi* (novela de George Sand, novelista francesa, 1804-1876) de su infancia, deduce que los libros están vinculados a la persona que fuimos cuando los leímos.

La literatura, el escritor, el lector

A continuación, el narrador define su visión de la literatura, del escritor y del lector. Descarta el arte comprometido y las vanidades teóricas; el arte verdadero es el único que permite descubrir la vida. Por un lado están las verdades que el escritor alcanza sondeando su propio fondo y, por otro, las verdades de la inteligencia, relacionadas con las pasiones, las costumbres, al carácter, que descubre al observar su entorno: incluso las personas más queridas solo hicieron «a fin de cuentas [...] *posar* para él como para los pintores» (Proust 2016, 132). El material de la obra es la vida pasada que el escritor ha acumulado por completo. El narrador añade que cada obra proviene de una sensibilidad singular (la de su autor) y por ello, consigue que el lector vea con otros ojos: los artistas hacen accesibles mundos cuyos paisajes, sin ellos, «nos serían tan desconocidos como los que pueda haber en la luna» (Proust 2016, 126). El lector es también el lector de su propia vida: la obra es un «instrumento óptico» (Proust 2016, 136) que le permite distinguir lo que no habría visto solo, o solo confusamente.

Los efectos del tiempo

El momento en que el narrador se une a los otros invitados es una sorpresa: tiene la sensación de que todos están disfrazados por la edad y tiene la revelación de que para él también ha pasado el tiempo. Algunos están maquillados o ennoblecidos por la máscara del tiempo, otros están enteramente metamorfoseados. El tiempo deja ver parecidos imprevistos entre padres, le devuelve la consideración a los que antes fueron irritantes, y hace olvidar la grandeza pasada de otros. Los personajes que encontramos a lo largo de *En busca del tiempo perdido* son del presente, pero el tiempo ha reconfigurado sus relaciones: Odette, cuyo rostro está marcado por el tiempo, pero que está al borde de la senilidad, mantiene una relación con el duque de Guermantes; la señora Verdurin, gracias a una ascensión espectacular, se ha transformado en princesa de Guermantes; Raquel se ha convertido en una actriz en boga y humilla a la Berma, antaño la mejor intérprete de su tiempo; Gilberta es amiga de Andrea, la antigua compañera de Albertine, y presenta a su hija adolescente al narrador.

Nacimiento de una obra

El tiempo estimula al narrador para escribir: la obra es una catedral cuya construcción está amenazada por la muerte del que la lleva en él o por la pérdida de memoria. En el emotivo final de *En busca del tiempo perdido*, el narrador muestra el trabajo constante, agotador y nocturno del escritor para hacer nacer su obra.

ESTUDIO DE LOS PERSONAJES

EL NARRADOR

El narrador es el *alter ego* del autor: un hombre sensible de salud delicada al que vemos en *El tiempo recobrado* pasar por la edad adulta y llegar a los albores de la vejez. Está soltero, vive solo en un apartamento parisino con su criada y su mayordomo, y pasa temporadas en casa de los Saint-Loup o en el sanatorio. Está familiarizado con la sociedad que frecuenta de forma intermitente y analiza con lucidez y finura la naturaleza y las pasiones humanas. El secreto de la obra literaria que quiere escribir desde su infancia se le revela en la mitad de *El tiempo recobrado*.

GILBERTA DE SAINT-LOUP

Hija de Charles y de Odette Swann, ahora es la señora de Saint-Loup por su matrimonio con Robert de Saint-Loup, y es la antigua compañera de juego del narrador y la madre de una joven señorita de Saint-Loup. En la primera parte es una esposa engañada y triste, una señora de Tansonville que resiste al avance alemán durante la guerra, pero al final de *El tiempo recobrado* se transforma en una mujer mundana y un poco pedante en la que el narrador le cuesta reconocer a su amor de la infancia.

ROBERT DE SAINT-LOUP

Saint-Loup es hijo de la señora de Marsantes, sobrina del barón de Charlus y del duque de Guermantes, esposo de Gilberta y amigo del narrador, pero sobre todo es un Guermantes. Es homosexual, mantiene una relación con Morel y va a los prostíbulos de hombres, que esconde a su mujer con mentiras y a la sociedad hablando de sus amantes. Consigue que le manden al frente y muere heroicamente en el combate.

EL BARÓN DE CHARLUS

El barón de Charlus, viejo amigo del narrador, pertenece a la familia de los Guermantes. A pesar de su «raro valor intelectual» (Proust 2016, 47), en la sociedad se le considera anticuado y le acusan de germanismo, lo que le cuesta su estatus mundano. Siente una pasión insaciable por Morel, que le trata de forma cruel, cultiva placeres masoquistas y prefiere la compañía de los canallas parisinos a la de los mundanos. El narrador se lo encuentra después de la guerra, cuando el barón está debilitado por un ataque de apoplejía.

LOS GUERMANTES

La familia Guermantes, objeto de fascinación del narrador en su infancia, se caracteriza por una fisionomía, cierto espíritu y una ascendencia aristocrática de lo más prestigiosa. El duque y la duquesa de Guermantes, el barón de Charlus y Saint-Loup provienen de la estirpe de los Guermantes. Una de las sorpresas de la novela es saber que la señora Verdurin se ha convertido, por un hábil tercer matrimonio, en princesa de Guermantes.

ODETTE

Es madre de Gilberta, y toma el nombre de señora de Forcheville después de un segundo matrimonio. El narrador compara su belleza marcada por el tiempo con la de una «rosa esterilizada» (Proust 2016, 159). Es la amante del duque de Guermantes y le propone al narrador contarle sus amores pasados con la esperanza de que le sirvan como modelo para su obra. Hacia el final de *El tiempo recobrado*, se hunde en la senilidad.

CLAVES DE LECTURA

LA GÉNESIS DE UNA OBRA

El tiempo recobrado nos da indicios sobre las condiciones materiales de la creación, la forma en que Proust habría escrito y la recepción de los primeros bocetos de su obra, información que nos llega por el narrador o que desciframos por algunas particularidades del texto.

Una obra amenazada por la muerte

Cuando Proust recibe el premio Goncourt en 1919 por *A la sombra de las muchachas en flor,* ya está muy enfermo. Hay días que sufre violentas crisis de asma que le impiden trabajar. Teme no poder terminar su obra, en la que trabaja sin descanso todo el día hasta que por la noche cae agotado en su habitación, protegida del ruido por el corcho que cubre las paredes. En *El tiempo recobrado*, escribe:

> «Yo sabía muy bien que mi cerebro era una rica cuenca minera donde había una extensión inmensa y muy variada de yacimientos valiosos. Pero ¿tendría tiempo de explotarlos? Yo era la única persona capaz de hacerlo. Por dos razones: con mi muerte habría desaparecido no sólo el único obrero minero capaz de extraer esos minerales, sino hasta el yacimiento mismo» (Proust 2016, 211).

Pero el 18 de noviembre de 1922, cuando Proust sucumbe a una neumonía, ha terminado su novela.

Una obra en constante devenir

Proust, que tenía las horas contadas, no pudo trabajar tanto en *El tiempo recobrado* como en el inicio de *En busca del tiempo perdido*. Es la parte de la obra que está más inacabada y donde es más numerosa la incorporación de *béquets* (según el *Trésor de la langue française*: «trozo de papel en el margen de un manuscrito para introducir un añadido o una modificación»[1]) y de «papelotes» (así llamaba la asistente, secretaria y amiga de Proust, Céleste Albaret, a los trozos de papel que pegaba en los márgenes de los manuscritos para poder añadir nuevos pasajes). Algunas inconsistencias narrativas como la reaparición de personajes que creíamos que estaban muertos o la entrada en escena de personajes que ya estaban presentados son conmovedoras pruebas de la rapidez con la que Proust tuvo que terminar su obra.

Estas particularidades advierten al lector del arte de escribir de Proust. Como corrige su mecanografía sin descanso, reescribe, suprime y enriquece sus cuadernos con nuevos pasajes, compara en *El tiempo recobrado* su trabajo con el de una costurera: «prendiendo aquí un papel suplementario, construiría mi libro, no me atrevo a decir, ambiciosamente, como una catedral, sino simplemente como un vestido» (Proust 2016, 209).

Una obra mal entendida por sus contemporáneos

Aunque el premio Goncourt reconozca la obra de Proust y le aporte una relativa gloria, éste tiene la sensación de que su

---

1. Cita traducida por ResumenExpress.com

procedimiento literario no se entiende. *El tiempo recobrado* relata cómo se recibieron los primeros bocetos de la obra proustiana o, más bien, cómo Proust se imaginó que fueron recibidos:

> «Pronto pude mostrar algunos esbozos. Nadie entendió nada. Hasta los que fueron favorables a mi percepción de las verdades que quería luego grabar en el templo me felicitaron por haberles descubierto al «microscopio» —cuando la verdad es que me había servido de un telescopio— unas cosas muy pequeñas al parecer, pero porque estaban situadas a gran distancia, y que cada una de ellas era un mundo. Allí donde yo buscaba las grandes leyes, me llamaban desenterrador de detalles. Por otra parte, ¿para qué diablos hacía aquello?» (Proust 2016, 214).

Sin embargo, esta incomprensión no podía más que desbaratarse gracias a las consideraciones artísticas de *El tiempo recobrado*, que son la clave de toda la obra *En busca del tiempo perdido*.

EL TIEMPO RECOBRADO, UN ARTE POÉTICO

Llamamos arte poético al conjunto de reglas cuya finalidad sería la belleza en el arte y, en particular, en la literatura. Proust dedica toda una parte de *El tiempo recobrado* a definir qué es la creación literaria y la artística: el narrador se interesa mucho por la forma de escribir una obra, la estratagema literaria, ya que la obra que describe se parece en todos los aspectos a la que el lector tiene ante él.

Rechazo del arte comprometido, realista o intelectual

Proust funda su teoría literaria en el rechazo de algunas concepciones artísticas:

- según él, los artistas patriotas están equivocados porque «el verdadero arte no tiene nada que hacer en tantas proclamas y se realiza en el silencio» (Proust 2016, 118);
- en cuanto a la literatura realista que «se limita a "describir las cosas", a dar solamente una mísera visión de líneas y de superficies» está «más lejos de la realidad, la que más nos empobrece y nos entristece, pues corta bruscamente toda comunicación de nuestro yo presente con el pasado» (Proust 2016, 120);
- las obras intelectuales que forman la parte bella de las teorías ya no tienen encanto según su visión: Proust las considera tan poco delicadas como «un objeto en el que se deja la marca del precio» (Proust 2016, 118).

Según él, el sentido artístico tiene que ser la sumisión absoluta a la realidad interior.

El trabajo del escritor

La tarea del escritor es descubrir la vida de verdad, descifrarla para que sea inteligible. El escritor es un traductor que transforma sus vivencias en un libro.

> «Una hora no es sólo una hora, es un vaso lleno de perfumes, de sonidos, de proyectos y de climas. Lo que llamamos la realidad es cierta relación entre esas sensaciones y esos recuerdos que nos circundan simultáneamente [...] relación única que el escritor debe encontrar para encadenar para

siempre en su frase los dos términos diferentes» (Proust 2016, 122-123).

La tarea del escritor es difícil puesto que se realiza en una soledad radical y le obliga a sumirse en las profundidades, en ocasiones dolorosas, de sus recuerdos. Pero ofrece principalmente la contemplación de lo que es lo «más precioso [...] y que generalmente nos es desconocido para siempre, nuestra verdadera vida, la realidad tal como la hemos sentido y que difiere tanto de lo que creemos» (Proust 2016, 118).

La vida pasada, material de la obra

Los «yacimientos valiosos» que citamos antes son las experiencias pasadas —tanto el placer, la ternura, la pereza como el dolor— que forman «una reserva semejante a ese albumen que se aloja en el óvulo de las plantas y del que éste saca su alimento para transformarse en grano» (Proust 2016, 129). La vida del escritor solo será una larga preparación para el trabajo de la escritura. De todas las personas que ha conocido a lo largo de su vida, el escritor conservaría un gesto, una mueca, una forma particular de expresarse, que combinaría a su gusto para encarnar una verdad psicológica en un personaje. Este «cuaderno de croquis» (Proust 2016, 129) creado a lo largo de su existencia, permitiría al escritor liberarse, mediante rasgos particulares, de las leyes generales relativas a las pasiones humanas.

La memoria involuntaria, herramienta de escritura

El misterio que el narrador ha intuido en *Por el camino de Swann* se resuelve en *El tiempo recobrado*: la felicidad que le dan la desigualdad de los adoquines en el patio, el ruido de la cuchara que golpea el plato y el tacto almidonado de una servilleta le hacen comprender que a la esencia de las cosas no se puede acceder mediante la percepción directa ni mediante la memoria voluntaria, sino mediante la memoria involuntaria. La memoria voluntaria, la intelectual, nos muestra el relato disecado del pasado sin hacernos sentir la sustancia viva. Pero la memoria involuntaria se despierta por una sensación (un sonido, una luz, un olor, un sabor, una textura o todo a la vez) que nos recuerda una sensación pasada; con esta sensación, aparece un mundo entero que pensábamos que era inaccesible:

> «El gesto, el acto más sencillo permanece clausurado como en mil vasos cerrados cada uno de los cuales estuviera lleno de cosas de un calor, de un olor, de una temperatura absolutamente diferentes; sin contar que estos vasos, dispuestos en toda la altura de nuestros años en los que no hemos dejado de cambiar, aunque sólo sea de sueño y de pensamiento, están situados en alturas muy diversas y nos dan la sensación de atmósferas muy variadas» (Proust 2016, 111).

Son estos olores, estos colores, todos estos detalles, los que el escritor se esfuerza en transcribir en la obra para encontrar el tiempo perdido.

EL «MUNDO» DE *EL TIEMPO RECOBRADO*

El mundo que atraía al narrador en *El mundo de Guermantes* ha cambiado: lo que el narrador, desencantado y burlón, encuentra la mañana con los Guermantes es una sociedad transformada por el tiempo.

Una sociedad desencantada

El narrador se imagina a un doble suyo para el que las reuniones mundanas esconderían todavía secretos y maravillas. Se dice que «las cosas no tienen poder en sí mismas y [...] somos nosotros quienes se lo conferimos» y que si el joven ingenuo burgués que se figura experimenta tal fascinación es porque «él estaba todavía en la edad de las creencias» que él mismo ha rebasado, por lo que ha «perdido aquel privilegio, como se pierde después de la primera juventud el poder que tienen los niños de disociar en fracciones digestibles la leche» (Proust 2016, 104). Si la sociedad no tiene más poder en el narrador es porque ya conoce los engranajes y las mistificaciones y porque sus miembros más distinguidos le acogen como viejos amigos.

Una sociedad sometida al tiempo

Al entrar en el salón de la princesa de Guermantes, el narrador no llega a reconocer los rostros transformados por la edad de sus antiguos conocidos, a los que no ha visto desde hace tiempo. Pero enseguida se da cuenta de que el tiempo igual «que sobre los seres» ha «ejercido su química sobre la sociedad» (Proust 2016, 163). Los antiguos vínculos que unían a los personajes han desaparecido y se han creado nuevos: Gilberta es ahora amiga de Andrea y la señora de Forcherville, amante del duque de Guermantes.

La corta memoria de las personas de la sociedad deforma voluntariamente el pasado en beneficio propio: de esta forma, la duquesa de Guermantes, que se había burlado de Raquel durante su primera representación teatral en su casa, asegura al narrador, ahora que Raquel es famosa, que ella fue la que la lanzó. La genealogía de las personas, sus reputaciones pasadas, las razones por las que se han aliado o malcasado con una familia u otra se han olvidado. Las personas que antes se consideraban brillantes son ahora degradadas (la duquesa de Guermantes), mientras que a las que antes se les consideraban irritantes ocupan ahora un lugar prominente (Bloch).

Una sociedad ignorante

El narrador comprueba una vez más en *El tiempo recobrado* que las personas de la sociedad, a pesar de sus grandes pretensiones, no saben nada sobre arte. Una invitada de la princesa de Guermantes no reconoce en el texto que Raquel recita un poema de Jean de La Fontaine (poeta francés, 1621-1695) y nadie piensa en corregir su error. En un episodio anterior, consideran anticuado al barón de Charlus, cuando es una de las mentes más sutiles y originales de su tiempo. El narrador, a quien le ha servido frecuentar los salones para la búsqueda del placer y para establecer su «cuaderno de croquis», se retira cuando comienza la redacción de su libro. Renuncia a sus obligaciones sociales porque prefiere dedicar sus fuerzas a «las exigencias egoístas de la obra» (Proust 2016, 214).

PISTAS PARA LA REFLEXIÓN

ALGUNAS PREGUNTAS PARA PROFUNDIZAR EN SU REFLEXIÓN

- Explique y comente esta cita de *El tiempo recobrado*: «La verdadera vida, la vida al fin descubierta y dilucidada, la única vida, por lo tanto, realmente vivida es la literatura; esa vida que, en cierto sentido, habita a cada instante en todos los hombres tanto como en el artista. Pero no la ven, porque no intentan esclarecerla. Y por eso su pasado está lleno de innumerables clichés que permanecen inútiles porque la inteligencia no los ha "desarrollado"» (Proust 2016, 126).
- Durante la mañana en casa de la princesa de Guermantes, el narrador conoce a Raquel, que conversa seriamente con la duquesa de Guermantes (Proust 2016, 135). Un poco más tarde, una actriz supuestamente desconocida recita unos versos (Proust 2016, 137): gracias a la intervención de un amigo, el narrador vuelve a conocer a Raquel. Explique esta incoherencia narrativa.
- Proust rechaza las teorías literarias según las cuales el artista tendría que «tratar [...] temas no frívolos ni sentimentales, sino [...] grandes movimientos obreros y, a falta de multitudes, por lo menos no de insignificantes ociosos [...] nobles intelectuales o de héroes» (Proust 2016, 118) ¿Qué piensa sobre ello? Arguméntelo.
- La Primera Guerra Mundial aparece durante toda la segunda parte de *El tiempo recobrado*. ¿Cómo la representa el narrador? ¿Se percibe su ideología? ¿Cuáles son los personajes y acontecimientos históricos que usted

reconoce?

- La pasión amorosa, aunque no sea tan importante como en otros volúmenes de *En busca del tiempo perdido*, también está presente en *El tiempo recobrado*. Ponga ejemplos y describa las modalidades y características.
- Proust fue un gran pintor de las relaciones mundanas. ¿Qué otros autores se han dedicado a describir la sociedad y a señalar las ridiculeces?
- ¿Cómo cree que sería posible acabar *En busca del tiempo perdido*, que termina con *El tiempo recobrado*, en particular con los momentos de reminiscencia involuntaria, en una adaptación cinematográfica?
- Sobre la sociedad, Proust escribe que: «cierto conjunto de prejuicios aristocráticos, de *snobismo*, que en otro tiempo alejaba automáticamente del nombre de Guermantes a todo lo que no armonizaba con él, había dejado de funcionar. Los resortes de la máquina rechazadora, distendidos o rotos, ya no funcionaban, penetraban mil cuerpos extraños, le quitaba toda homogeneidad, toda compostura, todo color. El Faubourg Saint-Germain, como una vieja soberana gagá, ya no hacía más que contestar con sonrisas tímidas a unos criados insolentes que invadían sus salones, bebían su naranjada y le presentaban a sus queridas» (Proust 2016, 163-164). Coméntelo.
- Roland Barthes (semiólogo y escritor francés, 1915-1980) publicó en 1967 un artículo titulado «Proust y los nombres» en el que escribe: «El Nombre proustiano es él solo y en todos los casos el equivalente de una entrada de diccionario: el nombre de *Guermantes* cubre inmediatamente todo lo que el recuerdo,el uso y la cultura pueden poner en él» (Barthes 2015, 3). Coméntelo con ejemplos extraídos de *El tiempo recobrado*.

¡Su opinión nos interesa!
¡Deje un comentario en la página web de tu librería en línea,
y comparta sus favoritos en las redes sociales!

PARA IR MÁS ALLÁ

EDICIÓN DE REFERENCIA

- Proust, Marcel. 2016. *El tiempo recobrado*. E-book en PDF. Consultado el 28 de junio de 2016. http://dspace.utalca.cl:8888/bibliotecas/librodot/busca_tiempo_perdido_7_tiempo_recobrado.pdf

ESTUDIOS DE REFERENCIA

- Barthes, Roland. 2015. "Proust y los nombres". Consultado el 29 de junio de 2016. http://myslide.es/documents/barthes-roland-proust-y-los-nombres-1.html

ADAPTACIÓN

- *El tiempo recobrado*. Dirigida por Rául Ruix, con Catherine Deneuve, Vincent Perez y John Malkovich. Francia: Gemini Films, 1999.

Muchas más guías para descubrir tu pasión por la literatura

El código Da Vinci
de Dan Brown

El extranjero
de Albert Camus

La verdad sobre el caso Harry Quebert
de Joël Dicker

Los pilares de la Tierra
de Ken Follett

Macbeth
de William Shakespeare

El viejo y el mar
de Ernest Hemingway

www.resumenexpress.com

www.resumenexpress.com

ISBN ebook: 9782806282422

ISBN papel: 9782806283061

Depósito legal: D/2016/12603/301

Cubierta: © Primento

Libro realizado por Primento, *el socio digital de los editores*